KB243737

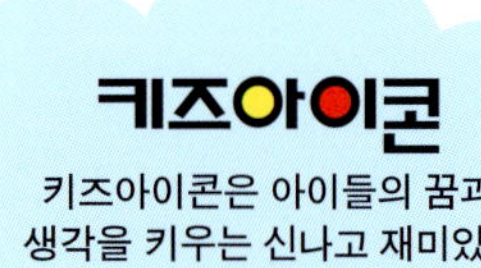

2022년 3월 25일 초판 1쇄 발행 | 2025년 12월 5일 초판 11쇄 발행

발행인 최종일 **발행처** (주)아이코닉스 **기획** 키즈아이콘 **판면구성** (주)비욘드에이
총괄책임 서현수 **편집책임** 박정은 **편집** 장보원 조윤수 김예진 이유진
디자인 김미선 이순영 권혜원 경희정 **제작책임** 신초희 **제작관리** 이수란 김미래 김세미
마케팅책임 김미경 **마케팅** 이창열 서연지 심동수 이경재 이미나 지승한 송호성 이지연
출판등록 2008년 11월 4일(제 2014-000009호) **주소** 경기도 성남시 분당구 판교로 255번길 64
고객센터 1566-0855 홈페이지 www.iconix.co.kr
꼬마버스 타요 ⓒ ICONIX/EBS/SEOUL

⚠ 다칠 우려가 있으니 제품을 던지거나 밟지 마십시오.
⚠ 종이에 베이거나 긁히지 않도록 주의하시고, 특히 제품의 모서리에 다치지 않도록 주의하십시오.
※ 이 책은 독점 판권 업체인 (주)아이코닉스에 의해 제작되었으며 무단 전재와 복제를 금합니다.
※ 잘못된 제품은 구입 후 10일 이내 구입처에서 교환하여 드립니다.
※ 제품에 자체 결함이 있을 시 무상 A/S 보증 기간은 구입 후 3개월입니다. 단, 소비자의 부주의로 인한 파손이나 손해는 보상되지 않습니다.

키즈아이콘

오늘은 자동차 학교에서
교통안전교육이 있는 날이에요.

경찰관 루키와 경찰차 패트가 교통질서에 대한 퀴즈를 냈어요.
"안전하게 도로를 달리려면 어떻게 해야 할까?"
"저요! 도로에서는 신호등을 잘 살피고, 빨리 달리면 안 돼요."
가장 먼저 타요가 정답을 외치며 퀴즈를 척척 맞혔어요.

"대단한걸? 오늘의 교통질서왕은 꼬마 버스 타요!
상으로 오늘 하루 경찰차가 되어 볼 수 있단다."
루키는 타요에게 경광등과 무전기를 달아 주었어요.
"우아! 내가 경찰차가 되다니!"
멋지게 변신한 타요는 폴짝폴짝 뛰었어요.

그때 루키의 무전기가 울렸어요.
하늘에서 도로를 순찰하던 에어의 연락이었어요.
"루키, 사거리에 도움이 필요한 일이 생겼어!"

"패트, 타요! 어서 출동하자!"
첫 출동을 하게 된 타요는 몹시 들떴어요.

잠시 후 도착한 사거리는 자동차들로 가득했어요.
택시와 승용차가 서로 부딪혀 사고가 난 것이었어요.
엉망이 된 도로를 본 패트는 서둘러 긴급구조센터에
도움을 요청했어요.
TAXI

루키는 이쪽저쪽 수신호로 교통정리를 하며
앨리스와 토토가 다친 사람과 고장 난 자동차를
안전하게 이송하도록 도와주었어요.

패트와 루키는 쉬지 않고
도움이 필요한 곳을 찾아
이곳저곳을 순찰했어요.

"안전벨트는 사고가 났을 때
크게 다치지 않도록 도와줘요."

"횡단보도를 건널 땐
손을 들고 왼쪽, 오른쪽을
꼭 잘 살펴보세요."

"정지선을 지키는 건
약속이에요."

무슨 일이든 척척 해결하는 경찰의 모습에 타요는 눈을 반짝였어요.
"패트와 루키는 꼭 도시의 영웅 같아요!
저도 오늘은 멋진 경찰차가 되어서 모두를 지키겠어요!"
굳게 다짐한 타요는 도로를 달려 나갔어요.

마침, 도로 한복판에 트럭 한 대가 서 있는 것이 보였어요.
"저기 있으면 위험할 텐데?"

타요는 재빨리 트럭 옆으로 다가갔어요.
"도로 한가운데 서 있으면 안 돼요! 어서 비키세요!"

그러자 타요를 뒤따라온 루키가 다급하게 말했어요.
"타요, 이 차는 고장이 나서 그런 거야."
뒤늦게 트럭에서 연기가 나는 것을 본 타요는 몹시 미안했어요.
"앗, 그런 줄 몰랐어요. 죄송해요."

혼자 순찰을 돌아보기로 한 타요는 주택가로 향했어요.
"강아지야, 혹시 길을 잃었니? 내가 도와줄게!"
어느 집 앞에 강아지 한 마리가 혼자 있는 걸 발견한 타요가 말했어요.

타요는 강아지를 태우고 동네 여기저기를 돌아다녔어요.
그런데 한 사람이 몹시 화가 난 표정으로
타요를 쫓아왔어요.

"혼자 있길래 길을 잃은 줄 알았어요. 정말 죄송해요."
타요는 쩔쩔매며 사과했어요.
자꾸만 실수를 한 타요는
풀이 죽어 한숨을 쉬었어요.
'잘 하고 싶었는데
왜 자꾸 실수만 하는 걸까?'

그런데 그때, 누군가의 외침이 들려왔어요.
"도둑이야! 도둑이야!
저 사람이 내 가방을 훔쳐 갔어!"
할머니가 달아나는 도둑을 가리켰어요.

"할머니, 제가 꼭 가방을 찾아 드릴게요!"
타요는 서둘러 도둑이 사라진 쪽을 향해 달려갔어요.

"패트! 루키! 도움이 필요해요!"
긴급출동센터에 있던 제이가 타요의 급한 연락을 받았어요.
"지금 도둑을 쫓고 있어요! 어서 여기로 와 주세요!"

"타요, 도둑이 더 멀리 도망가기 전에 잡아야 해!"
루키와 패트는 도둑을 잡기 위해 곧바로 출동했어요.

패트와 타요는 각자
도둑을 찾기로 했어요.
"타요, 넌 저쪽으로 가.
우리는 이쪽으로 갈게!"

패트가 따라간 길에는
아무것도 없었어요.
"이런, 여기는 막다른 길이네!"

반대편 길로 향한 타요는
주차장으로 도망치는 도둑을 발견했어요.
"저건 할머니한테 훔친 가방이잖아?
거기 서!"

하지만 주차장의 자동차와 사람들 사이에서
도무지 도둑을 찾을 수가 없었어요.
타요는 포기하지 않고 큰 소리로 주변에 물어보았어요.
"검은 옷을 입고 헬멧을 쓴 남자를 보셨나요?"

"빨간 자동차
옆에 있었어요!"

삐오
삐오
POLICE
120
120

"꼼짝 마!"
타요는 도둑을 향해
강한 불빛을 비추며 요란하게 사이렌을 울렸어요.
그 소리를 듣고 패트와 루키가 달려왔어요.

루키가 도둑을 붙잡아 패트에 태웠어요.
"다른 사람의 소중한 물건을 훔친 당신을
절도죄로 체포합니다!"

“정말 고맙구나, 꼬마 경찰차야.”
도둑맞은 가방을 되찾은 할머니는 환하게 웃으며 고마워했어요.

그러자 타요는 주차장에 모인 자동차들을 돌아보며 말했어요.
"제가 도둑을 잡을 수 있었던 건
여기 있는 자동차들이 도와준 덕분이에요."
120
TAXI

“서로 돕는 착한 마음을 가진 모두가 멋진 경찰이랍니다!”
루키의 칭찬에 서로 뿌듯한 표정으로 바라보며 환하게 웃었습니다.

경찰차는 공공질서를 유지하고 국민들이 안전하게 생활할 수 있도록 여러 사건을 해결하고 도와주는 경찰이 타는 특수 자동차예요. 도움이 필요할 때 112에 신고하면 경찰차가 출동해요.

참수리, 무궁화, 공평을 상징하는 저울이 그려진 경찰마크가 있어요.

주로 범인을 태우기 때문에 뒷문은 안에서는 못 열어요.
밖에서 경찰관이 열어 주어야만 차 안에서 나올 수 있어요.

경찰차 안에는 무엇이 있나요?

긴급출동 시 신속하게 연락할 수 있는 무전기와 사건 현장 출동 시 필요한 여러 가지 도구가 들어 있어요.